粼粼波光

摇鬓边

刘雪春 著

中国民族文化出版社

图书在版编目（CIP）数据

粼粼波光摇鬓边／刘雪春著. --北京：中国民族
文化出版社有限公司, 2023.3
ISBN 978-7-5122-1713-3

Ⅰ.①粼… Ⅱ.①胡… Ⅲ.①诗词—作品集—中国—
当代 Ⅳ.①I227

中国国家版本馆 CIP 数据核字（2023）第 049548 号

粼粼波光摇鬓边

LINLIN BOGUANG YAO BINBIAN

作　　者	刘雪春
责任编辑	张　宇
责任校对	李文学
出 版 者	中国民族文化出版社　地址：北京市东城区和平里北街 14 号
	邮编：100013　联系电话：010-84250639　64211754（传真）
印　　装	三河市龙大印装有限公司
开　　本	889mm×1194mm　32 开
印　　张	6
字　　数	110 千
版　　次	2023 年 5 月第 1 版第 1 次印刷
标准书号	ISBN 978-7-5122-1713-3
定　　价	88.00 元

作者简介

　　刘雪春，清华大学化工系博士毕业。长期从事污水处理、给水处理、膜处理、益生菌和元宇宙等国民经济行业研究，化学工程与技术领域研究成果 12 项。虽然是工学博士毕业，但对诗词文学情有独钟，所以一直笔耕不辍，有众多诗词作品。所创作的小说《芳年华月之岁月无痕》在"番茄小说"连载，作品《思菲菲》获得 2022 年"最佳诗词奖"全国诗词评选大赛二等奖，作品《沁园春·思》获得 2022 年"最美诗词"全国诗词大赛铜奖。

目 录

2010 年中秋、国庆感赋 …………………………………（ 1 ）

2011 年新年感赋 …………………………………………（ 2 ）

2011 年春节感赋 …………………………………………（ 3 ）

2012 年春节感赋 …………………………………………（ 4 ）

2013 年春节感赋 …………………………………………（ 5 ）

2014 年春节感赋 …………………………………………（ 6 ）

沁园春·奥运 ……………………………………………（ 7 ）

卜算子·国际护士节（5 月 12 日）…………………（ 8 ）

人心同理 …………………………………………………（ 9 ）

满庭芳·国际博物馆日 …………………………………（ 10 ）

中国旅游日 ………………………………………………（ 11 ）

临江仙·世界计量日 ……………………………………（ 12 ）

沁园春·网络情人节（5 月 20 日）…………………（ 13 ）

满庭芳·全国学生营养日 ………………………………（ 14 ）

小满 ………………………………………………………（ 15 ）

满庭芳·第 29 个国际生物多样性日

（2022 年 5 月 22 日） ………………………… （16）

纪念袁隆平院士逝世一周年 …………………… （17）

满庭芳·世界海龟日 …………………………… （18）

世界预防中风日 ………………………………… （19）

满庭芳·世界向人体条件挑战日（5 月 26 日） … （20）

长相思·全国爱发日（2022 年 5 月 28 日） ……… （21）

联合国维持和平人员国际日（5 月 29 日） …… （22）

满庭芳·全国科技工作者日 …………………… （23）

临江仙·端午安康 ……………………………… （24）

世界环境日 ……………………………………… （25）

6 月 5 日神州十四号载人飞船发射成功 ……… （27）

满庭芳·芒种（2022 年 6 月 6 日，农历 2022 年

五月初八） …………………………………… （29）

全国母乳喂养宣传日（5 月 20 日） …………… （30）

满庭芳·世界难民日 …………………………… （31）

世界青年联欢节（6 月 30 日） ………………… （32）

七一建党节·建党一百零一周年 ……………… （33）

寰宇云霄飞船日 ………………………………… （34）

小暑 ……………………………………………… （36）

沁园春·大暑 …………………………………… （37）

立秋 ……………………………………………… （38）

满庭芳·处暑 …………………………………… （39）

白露 ……………………………………（40）

笑对人生一人勇 …………………………（41）

江城子·荷塘之中月色朦 …………………（42）

水调歌头·乾坤拆日月 ……………………（43）

人间正道先生始 …………………………（44）

用绝妙的思维培育瑰丽的奇葩 …………（45）

红日当空漫天慕 …………………………（47）

全民共赏丰收钦 …………………………（48）

临江仙·月色朦朦月半弯 …………………（49）

水调歌头·遥寄锦书依依 …………………（50）

仲尼诞辰举世钦 …………………………（51）

前赴后继万年青 …………………………（52）

思幽幽 ……………………………………（53）

情思 ………………………………………（54）

罗密欧与朱丽叶之爱情有感 ……………（55）

沁园春·思恋 ……………………………（56）

念念 ………………………………………（57）

鹊桥仙·一魂一魄意神飞 …………………（58）

笑靥 ………………………………………（59）

满庭芳·念念意翱翔 ………………………（60）

缱绻意深 …………………………………（61）

长相思 ……………………………………（62）

鸾凤一唱 …………………………………（63）

目
录

似海情生 ………………………………（64）

谷雨花开 ………………………………（65）

沁园春·灵动眉睫 ………………………（66）

透骨爱恋 ………………………………（67）

鹊桥仙·萦绕眉心 ………………………（68）

缠绵缱绻 ………………………………（69）

沁园春·鸾凤重逢 ………………………（70）

秀发及肩 ………………………………（71）

沁园春·日久天长 ………………………（72）

悠然出神 ………………………………（73）

生生世世不离分 ………………………（74）

既着迷于瞬间又执着于永久 …………（76）

云鬓柔直 ………………………………（78）

鹊桥仙·氤氲意浓 ………………………（79）

久久不息 ………………………………（80）

鹊桥仙·眷眷意浓 ………………………（81）

我始终与你同在 ………………………（82）

纤纤睫毛 ………………………………（84）

鹊桥仙·心心念念 ………………………（85）

你那秀挺的鼻梁就像婀娜玉立的身姿 …（86）

意浓情厚 ………………………………（88）

柔柔碧波 ………………………………（89）

沁园春·携手同心 ………………………（90）

粼粼波光摇鬓边

来自宇宙洪荒的你 ·················· （91）

入骨皎洁 ·························· （93）

鹊桥仙·翩翩衣袂 ·················· （94）

鹊桥仙·星空盈盈 ·················· （95）

情意忽现 ·························· （96）

鹊桥仙·笑语盈盈 ·················· （97）

相思之意 ·························· （98）

笑靥盈盈 ·························· （100）

沁园春·情牵心中 ·················· （101）

纵横万里 ·························· （102）

沁园春·两情眷眷 ·················· （103）

鹊桥仙·量子纠缠 ·················· （104）

长亮我心 ·························· （105）

鹊桥仙·缱绻熠熠 ·················· （106）

不朽的生命和青春 ················ （107）

爱恋深深 ·························· （109）

鹊桥仙·樱唇婉转 ·················· （110）

腊梅 ······························ （111）

今生今世 ·························· （113）

鹊桥仙·一世长情 ·················· （114）

相思之情 ·························· （115）

四海八荒 ·························· （117）

青玉案·旖旎销魂谁家梅 ·········· （118）

目录

让那皎洁月光带去我的深情 ……………………（119）

山海青春亘古心 ………………………………（121）

青玉案·直上云霄 ……………………………（122）

你是我从头到脚每一个细胞都渴望拥有的深情 ……（123）

沧桑历尽 ………………………………………（125）

蝶恋花·辗转星河 ……………………………（126）

何日相见 ………………………………………（127）

袅袅婷婷 ………………………………………（129）

念奴娇·常到水云 ……………………………（130）

脉脉回首姿 ……………………………………（131）

卜算子·旖旎姿 ………………………………（132）

心香一瓣 ………………………………………（133）

定风波·月半疏影玉生香 ……………………（134）

纤手巧挹星河水 ………………………………（135）

洞仙歌·层峦迤逦迢迢暖 ……………………（136）

曼妙身姿星河映 ………………………………（137）

贺新郎·玉耳触手可生温 ……………………（138）

用远古的恒星的永恒之光沐浴 ………………（139）

眷眷情意心底鸢 ………………………………（141）

袅袅聘婷氤氲意 ………………………………（142）

看芳菲 …………………………………………（143）

相思深 …………………………………………（144）

阑珊无悔 ………………………………………（145）

鱼跃 ……………………………………… （146）

美眸流转，纤腰旖旎 ………………… （147）

天成佳偶 ………………………………… （148）

春意盈盈 ………………………………… （149）

亲情远系 ………………………………… （150）

笑江南 …………………………………… （151）

纤手清泉 ………………………………… （152）

为汝盛 …………………………………… （153）

遥视芳华 ………………………………… （154）

仙界精灵 ………………………………… （155）

一丝牵挂 ………………………………… （156）

笑靥心结 ………………………………… （157）

长夜涟漪 ………………………………… （158）

此情可待 ………………………………… （159）

沧海桑田 ………………………………… （160）

咫尺天涯 ………………………………… （161）

幽思豪情 ………………………………… （162）

婀娜星空 ………………………………… （163）

相思树 …………………………………… （164）

柔荑映雪 ………………………………… （165）

千年弦舞 ………………………………… （166）

沁园春·思 ……………………………… （167）

清辉玉臂 ………………………………… （168）

目
录

起伏跌宕 ······················· （169）

思菲菲 ························· （170）

无边伤心，有情海水 ············· （171）

我心长久 ······················· （172）

深深骨髓 ······················· （173）

晴晴长空 ······················· （174）

幽幽缠绵 ······················· （175）

爱侣终得 ······················· （176）

翩翩心舞 ······················· （177）

氤氲难忘 ······················· （178）

一丝牵挂，双飞翅膀 ············· （179）

盈盈袖香 ······················· （180）

2010 年中秋、国庆感赋

浩瀚天河星争辉，亿万光年转瞬知。

曦和俯瞰蓝色星，丹桂唱出心中诗。

水中何时现桃花，女娲莫愁补天石。

海上隐隐传歌声，神州和弦人心誓。

2010 年 9 月 22 日

粼粼波光摇鬓边

2011 年新年感赋

青山连绵跃神州，层峦翻滚无限情。

雪花熠熠飘落时，晶莹灿灿笑向晴。

碧波茫茫荡漾处，潜龙静静徜徉中。

信步畅行四海平，沧桑依旧日月清。

2011 年 1 月 1 日

2011 年春节感赋

佳节一脉炎黄情，古来岁岁薪火传。

历历劫难不曾忘，铮铮铁骨世代冠。

涓涓泉水汇成河，脉脉不息昼夜间。

放眼全球万象生，山海青春亘古连。

2011 年 2 月 1 日

粼粼波光摇鬓边

2012 年春节感赋

无限苍穹无限碧，辗转寻觅飞天梦。

前庭踯躅罗袜香，来日可追素手秉。

回廊曲巷生情意，细流蜿蜒大河领。

纵使玉魄写满地，何似辉煌欢乐醒。

2012 年 1 月 22 日

2013 年春节感赋

不知何事道别情，山花绿草觅踪影。

漫漫盘山路途远，梅花碧树参差等。

天河揽星呈前庭，一梦百鸟凤凰鼎。

灿灿花开现彩虹，佳节依然笑情景。

2013 年 1 月 31 日

潾潾波光摇鬓边

2014 年春节感赋

小桥碧水映成趣，多少杨柳多少风。
层层枝条舞漫天，恰是时节始发生。
漫漫山峰起层峦，却曾纵横笑爱称。
北国未见百丈冰，暖冬只为佳节丰。

邻邻波光摇鬓边

沁园春·奥运

夏奥情长，山海青春，热枕万顷。览常翠大地，飞扬激荡；希腊城邦，跳抢掷奔。原有古意，走趋奔令，可与雅典共欢欣。方纵横，动天地情义，华夏乾坤。

冬奥意深冰雪，牵一发凝思人仰钦。念情牵南北，意动神州；群奉双舞，技艺争芬。炎黄子孙，激情喷涌，众成飞渡手足深。正奋激，中希情谊浓，跃马同心。

2022 年 5 月 14 日

卜算子·国际护士节

(5月12日)

漫天飘雪至，竹梅铿锵香。

已有南丁格尔情，华夏铸心乡。

松柏故园意，情牵守热肠。

绿草海滨人欢欣，相聚共天长。

2022年5月16日

人心同理

悲悯动天为助残，茵茵绿草常恭谨。

人心同理寰宇畅，华夏手足情慧敏。

天地有情天地寿，日月有意日月沁。

心动魂萦山海意，畅想四季同春心。

2022 年 5 月 17 日

满庭芳·国际博物馆日

古今中外，逸兴长飞，青藤绿树万方。三皇五帝，夏商周汉唐。明清民国展现，新中国、上下增光。依栏久，趣兴横飞，步远近沧桑。

思绪，如鸿飞，爱琴海史，罗马华堂。古希腊或忘，山海同强。拜占庭奥斯曼，璀璨星、文艺骄阳。趋万年，繁华盛世，地球唱徜徉。

2022 年 5 月 18 日

中国旅游日

古往今来意神飞，神农孔子九州餐。
玄奘霞客关山远，郑和王师西洋观。
康熙乾隆江南笑，中原麦穗俱比肩。
胡杨三千年不朽，布达拉宫展笑颜。

2022 年 5 月 19 日

粼粼波光摇鬓边

临江仙·世界计量日

科学法制工程约，算盘杆秤古迹。冲之承洛续奠基，计量纵横有周期。

米制公约成巴黎，遥测云端珍惜。科学计量普莱斯，大师之作终明晰。

2022 年 5 月 19 日

沁园春·网络情人节

（5 月 20 日）

云霄飞车，星际畅通，亿万玲珑。携缱绻情侣，深情厚意；双臂交缠，两手双重。明眸熠熠，灼灼聚焦，念念情缘在心胸。恋浓烈，元宇宙日月，此情天聪。

恋恋雅致情初，心心互诉情有独钟。稳眷眷爱侣，情意相投；四目对视，真情永融。长相忆往，天高海深，永铸恩爱并青葱。意深长，真宇宙天地，吾心永崇。

2022 年 5 月 20 日

满庭芳·全国学生营养日

伏羲取火，神农百草，古圣经典芬芳。往圣绝学，忽思慧寿康。北方大地喜雨，可丰收、雨顺风香。暂别离，学有所成，锦绣系大方。

李时珍喜粥，暖韭鸡蛋，温养胃肠。可跳掷，龙腾虎跃铿锵。聪慧学识共说，欢愉畅、折桂书香。佳期在，膳食营养，万里可弛张。

2022 年 5 月 20 日

小　满

古今双燕衔泥返，小满律自气物真。

麦香渐成犹待闻，南北雨水均匀分。

喜自心间俱欢盈，绿草婆娑伴晨昏。

呼风唤雨神交久，山河更新待来临。

2022 年 5 月 21 日

粼粼波光摇篷边

满庭芳·第 29 个国际生物多样性日
(2022 年 5 月 22 日)

璀璨群芳，万兽麋集，繁荣生物更新。涓涓江河，湖海忆晴氛。到处云歌燕舞，东风生、景和春旻。别来久，意蕴可有，锦簇系信心。

可款款迎客，凤凰高飞，梧桐动心。细思量，碧草天涯一新。龙吟悠悠我思，杨柳青、万象芳芬。深情动，意味长久，生灵看缤纷。

2022 年 5 月 22 日

纪念袁隆平院士逝世一周年

隆平院士七十载，三系培育展辉煌。

未破谜案忍心寒，拳拳赤子痴心祥。

制种奇迹开新途，亩产千斤美名扬。

中外受益非凡绩，万象进化名流芳。

注解： 1968 年 4 月 30 日，袁隆平将珍贵的 700 多株雄性不育系秧苗，插在安江农校中古盘 7 号田里，面积 133 平方米。5 月 18 日晚上，中古盘 7 号田的不育材料秧苗，被全部拔除毁坏，成为未破的谜案。袁隆平心痛欲绝。事发后第 4 天才在学校的一口废井里找到残存的 5 根秧苗，继续坚持试验。

2022 年 5 月 23 日

满庭芳·世界海龟日

碧波荡漾，海龟寿长，络绎多彩欢欣。同于恐龙，于海洋至臻。塑料垃圾梦魇，可怜便、误食不仁。憔悴损，人心不古，泪眼系质询。

年年日日过，沙滩悠远，小龟水禽。不可留，龟生入海滨纷。此恨可堪谁说，人迹销、万古同魂。佳期盼，万物翘首，欢颜看传神。

2022 年 5 月 24 日

世界预防中风日

预防中风使命在，寒暑饮食需低调。

世间华佗再世多，患者得病预后好。

预后皆优得上乘，心体交注安稳觉。

更喜花山眠有途，人间大爱是正道。

2022 年 5 月 25 日

满庭芳·世界向人体条件挑战日
（5 月 26 日）

　　体能极限，忍饥失血，强大平衡点睛。珠穆朗玛，可尽情攀登。马里亚纳海沟，深潜器、上下若轻。意增强，机械神助，揽月捉鳖青。

　　起源犹可追，月季芍药，尽展丹青。可留得，驾乘千里苍生。情景烙印可说，芬芳貌、云端纵横。爱佳期，鸾俦凤侣，聚合人人灵。

2022 年 5 月 26 日

长相思·全国爱发日

(2022 年 5 月 28 日)

长或短，悲与欢。发梢略后可堪酸，少发人翩翩。
养生关，心情先。喜上心头滴发间，葱郁肩并肩。

2022 年 5 月 28 日

郁郁波光摇鬓边

联合国维持和平人员国际日

(5 月 29 日)

和平维护人员在，艰难困苦玉汝成。

灵魂奉献争第一，动荡疾病暴力轻。

舍生取义为人类，巾帼男儿共躬行。

人间疾苦亦消亡，维和旗帜人高擎。

2022 年 5 月 29 日

满庭芳·全国科技工作者日

　　两弹一星，禾下乘凉，科技发展同行。短板攻坚，人憔悴息烽。跟跑并行领跑，国可强、敢为先锋。曾有别，今朝更强，锦绣系长风。

　　看春华秋实，自立自强，物阜民丰。醒世人，科技老师春风。肝胆外科之父，民康健、创新威风。新时代，国强民富，飞龙就点睛。

2022 年 5 月 30 日

临江仙·端午安康

　　端阳节庆拜祭祖，祈福辟邪安康。菖蒲艾叶映寿昌，屈子汨罗，粽香人悲慷。

　　山河青春思切切，情起意深铿锵。万里神州举无双，今朝吟唱，绿荫意端庄。

2022 年 6 月 3 日

世界环境日

带着远古人类的灵魂

有着文艺复兴时期的精神

新中国成立的壮志凌云

改革开放的鸿鹄乾坤之志

可惜环境保护弱缓迟滞

浊浪满天植物凋零动物消亡

可怕的黎明前黑暗

这至暗的时刻

生还是死

人类何以自存

曾彷徨失措

也呐喊呼救

人类终究是万物之灵

世界环境日

昭昭明路指出

壮志可酬

美丽清洁生态优雅

生物多样性精彩纷呈

减少温室气体并抑制酸雨

愁云惨雾尽消

十四亿人民尽尧舜

七十亿全球人民俱获益

万众欢腾

2022 年 6 月 5 日

粼粼波光摇鬓边

6月5日神州十四号载人飞船发射成功

科学之谜飞天之梦

壮志凌云面向太空，心中情无垠

精密实验室

戈壁大漠

时而孤烟直

时而风骤起

口鼻尽风沙

艰难困苦只不过由来报国情

两弹一星

飞天逐梦

所有困难重重都挡不住我们前进的步伐

发射场拔地而起容光焕发

"神舟"问天

"嫦娥"揽月

"北斗"指路明灯

"祝融号"火星探测

"羲和号"卫星逐日

"天和"遨游星辰

"悟空号"暗物质粒子探测卫星

"墨子号"量子科学实验卫星

"慧眼"硬 X 射线调制望远镜

航天报国，强国有我

中国梦

拳拳赤子之心

定当奋发图强

中华复兴人间奇迹，成功于我辈

子子孙孙无穷无尽

美好生活定实现

2022 年 6 月 6 日

郯郯波光摇鬓边

满庭芳·芒种

(2022 年 6 月 6 日，农历 2022 年五月初八)

小满渐去，芒种继来，夏至身爽神清。孟夏可收，芒谷种厚丰。黑发黄发飞翔，国兴盛、应知躬行。须眉至，巾帼英雄，同声系高风。

览华夏大地，姹紫嫣红，雨过天青。但今时，动人魂魄逢生。栩栩春风拂面，夏繁盛、芒种威风。待来年，雨顺风调，鸿鹄可飞升。

2022 年 6 月 10 日

全国母乳喂养宣传日

(5 月 20 日)

勃勃生机母乳日，纯洁脆弱依靠情。

慈母深深骨髓乳，幼儿厚厚血脉丰。

康健母亲与宝宝，天地同寿占上风。

最爱前世和今生，山海青春鬼神惊。

2022 年 6 月 18 日

满庭芳·世界难民日

　　战争贩子，经济困顿，萋萋芳草忧愁。曾经痛哭，难民数查究。妇女儿童数量，可恨处、占比深仇。可趋近，非洲难民，惆怅鲠在喉。

　　岁岁，同心求，国际社会，从善如流。拯救行动起，欢歌远谋。产权职业迁徙，得权利、迤逦回眸。德行高，四海五洲，旌旗上层楼。

2022 年 6 月 20 日

世界青年联欢节

(6月30日)

星河浩瀚友谊深，碧草绿波思和平。

浩浩荡荡反侵略，战争贩子世人憎。

迤逦缤纷多样性，文化艺术龙点睛。

万古长青世代情，龙腾虎跃启明星。

2022 年 6 月 30 日

七一建党节·建党一百零一周年

鸿蒙初开惊天事，日月映在心间燃。
九天之上出祥瑞，星河海底成大端。
众擎易举辉煌出，人心思归寸心丹。
寰宇青春情无垠，璀璨百炼万里帆。

2022 年 7 月 1 日

郏郏波光摇鬓边

寰宇云霄飞船日

遨游寰宇意无垠，天工造物星空春。

灿灿群星立悠长，煌煌羲和尽奇芬。

亿万光年转瞬移，神行仙动叹奇迹。

轰天震星烟雾弥，何日恒星无可击。

天地初生震撼日，滴水成圆追飞矢。

太古纪前多少年，尘土欢欣周复始。

海上何时起波澜，生命何日见一斑。

草树葱茏生才华，意动神飞大可观。

华夏璀璨夺目星，山峦连绵有奇峰。

人心连绵不绝缕，山海青春草木青。

初旭光影映心魂，玉轮长照露清芬。

氤氲醇香可绕梁，迤逦旖旎呈霁氛。

鸿蒙初辟志士聚，步武前贤新意栩。

朝代更替风流出，封建繁华不循序。

惊天动地真人现，踔厉前行危机感。

日月之光可笃行，开国大典英雄胆。

三十年来基础成，两弹一星乘长风。

最为齐全供应链，国人楷模寿年丰。

四十载来阜民丰，情意无垠可锵铿。

雨过天青辉煌出，人心起誓万年青。

2022 年 7 月 9 日

小 暑

小暑时节仲夏天，阳光湿热可新餐。
西部可晴东部雨，雨水均匀瀚无边。
南北喜庆同理日，饺子美味米面甘。
大江大河唱丰年，神州欢愉保江山。

2022 年 7 月 19 日

沁园春·大暑

　　神州天地，骄阳似火，姹紫嫣红。望长江两岸，甘雨嘉澍；万物茂盛，郁郁葱葱。山有森林，地有水稻，丰沛雨量均匀通。必常见，可风调雨顺，一本初衷。

　　华夏南北美食，舌尖滋味萦绕心中。曾稻谷米面，盛装待发；肉食菜肴，善始善终。大家口味，丰盛妖娆，只可意味东方红。众期待，尽欣欣向荣，气贯长虹。

2022 年 7 月 24 日

立　秋

长空万里立秋至，阴阳收长交替期。

溪水潺潺无绝境，细雨绵绵恰当时。

羲和跃出波浪涌，草木略黄成熟思。

古人悲秋常忧戚，却道情热心间知。

2022 年 8 月 7 日

粼粼波光摇鬓边

满庭芳·处暑

处暑时节，秋意袅袅，长风一起秋凉。盛夏渐过，暑热减八方。稻谷香飘万里，农家乐、闪闪发光。情意浓，机械神助，颗粒归廪仓。

黍稷成熟时，南方小米，盈满箩筐。尽展颜，万里苍生慨慷。节气芬芳喜悦，体健貌、云端纵横。佳节至，琴瑟和鸣，万众有米庄。

2022 年 8 月 23 日

白 露

秋风渐起秋草黄，田地禾稼珍馐香。

白露抽穗扬花日，雨露浅水勤生长。

旖旎笑貌映红日，鸿雁南归燕安详。

待得五谷笑开颜，直上云霄在四方。

说明：白露节气后，冷空气日趋活跃，常出现低温天气，影响晚稻抽穗扬花。黄淮、江淮及华南等地要抓住气温较高的有利时机浅水勤灌。

2022 年 9 月 7 日

笑对人生一人勇

枝繁叶茂镜中画，两叶小舟各不同。

旖旎身姿舟上现，曼妙身影湖中通。

有形花瓣有情意，无形相思无限涌。

起起落落风随意，笑对人生一人勇。

2022 年 9 月 8 日

粼粼波光摇鬓边

江城子·荷塘之中月色朦

荷塘之中月色朦，可微风，花蕾升。千里碧叶，天晴纵酒声。历久弥新情越炙，月半弯，待相逢。

明朝跨马诗书行，泪含情，笑谁听，万里听音，直上云霄中。可待古筝清音起，人不见，高潮生。

2022 年 9 月 9 日

粼粼波光摇鬓边

水调歌头·乾坤拆日月

乾坤拆日月，云海涌苍茫。寰宇星辰欢愉，飞船登月舱。迢迢星河遥远，天涯咫尺光年，刹那芳华乡。旖旎曼妙夜，迤逦情愫昂。

初眉月，月半弯，皓月煌。仁慈在心，天朗气清映回廊。胸怀星辰大海，繁星满天闪烁，玉轮稀星翔。天上人间月，清辉万里长。

2022 年 9 月 10 日

人间正道先生始

月满中秋教师节，一盈一枯皆青春。
案台勤奋说讲稿，讲台奋笔写春秋。
一字千钧发于心，百年树人终成新。
人间正道先生始，树德先于成才魂。

2022 年 9 月 11 日

用绝妙的思维培育瑰丽的奇葩

远处的海天一线

橙红色和湛蓝色融为一体

太阳正在冉冉升起

岸边层峦起伏跌宕

郁郁葱葱的树木在阳光下闪闪发光

天鹅在湖中嬉戏

百灵在树上鸣唱

企鹅在南极滑行

鸵鸟在澳洲奔跑

啊！生命多么美好

啊！自然多么美妙

人世间的一切美好美妙

多么辉煌灿烂

何不奋笔疾书

何不埋头苦干

用辛勤的汗水浇灌美丽的花朵

用绝妙的思维培育瑰丽的奇葩

走出自己的创新之路

奉献自己的青春力量

少年强则国强

少年心一直在

直至中国成为世界第一强国

少年心始终如一只争朝夕

2022 年 9 月 13 日

红日当空漫天慕

蔚蓝天空双鹊飞，恋人逐浪晴空舞。

风雨关山层峦过，红日当空漫天慕。

鹊鸟共鸣啾啾乐，琴瑟和鸣呖呖诉。

举杯同饮欢乐颂，四季情人日日铸。

2022 年 9 月 14 日

全民共赏丰收钦

秋月若有若无时，月色白昼各半分。
北方种麦岁岁行，南方晚稻年年飧。
柿柿如意金黄味，皎皎棉花自缤纷。
有余四季有情意，全民共赏丰收钦。

2022 年 9 月 23 日

临江仙·月色朦朦月半弯

月色朦朦月半弯，夜来已是伤怀。

细雨飘落心徘徊。

心门已敞开，眉间暗愁来。

凌云壮志已在身，醒来不忘真才。

蓝蓝天空双翅拍。

翱翔从此始，峰峦初晴白。

粼粼波光摇鬓边

2022 年 9 月 24 日

水调歌头·遥寄锦书依依

朝日峰峦起，葱郁显橙红。迤逦山峦叠嶂，新雨湿鱼灯。常年不忘娟娟，遥寄锦书依依，眉睫在心中。寄语山水间，纸鸢在燕京。

万千语，轻盈起，立结晶。心头忽起，舒袖一舞情初升。世间万象可看，心底只为伊人，莫笑白发生。山间明月照，万里管弦声。

2022 年 9 月 27 日

仲尼诞辰举世钦

蓝蓝齐鲁碧青天，仲尼诞辰举世钦。

人文日新春秋始，论语一部天下春。

坎坷人生无所惧，儒生可续感人深。

笑看庭前花开落，去留无意心连心。

2022 年 9 月 28 日

前赴后继万年青

峰峦七彩朝阳升，云霄璀璨中国丰。

往事历历在心间，国魂长长是先锋。

煌煌羲和光辉沐，久久人心华夏崇。

放眼山海少年强，前赴后继万年青。

注解： 羲和是指中国古代神话中的太阳女神。

2022 年 10 月 1 日

思幽幽

仙山濯涟情悠悠，桃花映日念叨叨。

驰骋万里意切切，瞬移亿年思遥遥。

河外星系来幽幽，锦簇万河依姣姣。

有形情义呈璨璨，无垠思恋自迢迢。

2022 年 4 月 7 日

粼粼波光摇鬓边

情　思

蔚蓝海边星璀璨，皎洁云鸾历历心。
心尖萦绕于幽洁，漫漫思途同茵茵。
花开月明星灿灿，柔荑拂丝现娇音。
万般切切念心头，兴盛柔情忆芳邻。

2022 年 5 月 11 日

粼粼波光摇篸边

罗密欧与朱丽叶之爱情有感

相思百般愁，星空溅泪情。

纵使遗千古，爱侣情有恒。

沙海成一色，结伴同心等。

花好月圆夜，宜饮愉悦清。

2022 年 5 月 12 日

潾潾波光摇鬓边

沁园春·思恋

　　南海清波，北极星光，连绵翠草。纵万千亿年，思恋依旧；海可成天，弥漫姣姣。星空璀璨，深及海底，草长丝丝可晴好。念淡雅，共天地意动，皎洁知交。

　　眉眼始终情牵，领恒定星海共香飘。随天地情深，心驰神往；历历往昔，雨滴发梢。无时不忘，初衷永在，绿荫如柳上九霄。情意合，念环宇专注，青春弄潮。

2022 年 5 月 13 日

念　念

初夏暖风惹人恋，意牵彼岸红绿草。

水浅意深情无垠，隔海遥视福永葆。

神州倾诉无或忘，一骑赤忱至幽洁。

人间海底辗转思，此情弥漫群星绕。

2022 年 5 月 15 日

粼粼波光摇鬓边

鹊桥仙·一魂一魄意神飞

心交魂缠，飞云传意，天涯咫尺共笑。
魂聚梦萦海深情，共欢愉、直上云霄。
娇柔凝脂，绰约亭亭，雅质国香情操。
一魂一魄意神飞，畅久州、精灵知交。

2022 年 5 月 16 日

笑靥

云河漫步潺潺水，绵绵心间意无垠。

历历坎坷时光逝，长长情坚擢魂心。

萋萋碧草连窗花，生生不息银河春。

且看春雨润芬芳，踏平坎坷笑靥芬。

2022 年 5 月 17 日

满庭芳·念念意翔翔

芍药郁金，九月桂花，氤氲闺阁西窗。闻香识人，鬓影近无双。花静心悦携手，新月弯、通幽吐芳。步趋近，香侬软语，俏巧眸祥光。

刚刚，夜如钩，玉臂清光，月季绕梁。渐近芳香亭，润酒悠扬。古筝款曲周至，耳音明、眷眷崇扬。歌如诉，娇媚妖娆，念念意翔翔。

2022 年 5 月 18 日

缱绻意深

碧海徜徉天一色，海沙山河绿成荫。

缱绻意深思幽洁，可与天地寿同心。

漫漫长夜瞳孔灵，神交久长情忠贞。

遥想辗转万里长，星汉璀璨夜空新。

2022 年 5 月 21 日

粼粼波光摇鬓边

长相思

天水芳，星河祥。流到眉睫成奇香，声声呢喃妆。
气轩昂，异寻常。细水长流映长廊，尽人间情长。

2022 年 5 月 22 日

鸾凤一唱

直上云端意眷眷，千奇百转终有缘。

白云悠悠寄我思，情投意合缱绻巅。

湖水碧蓝思幽洁，藤树长久传美谈。

可走可坐俱闲适，鸾凤一唱逸兴弹。

2022 年 5 月 23 日

似海情生

　　雅致高洁，如冰似雪，天地动情。望黄河两岸，天上来水；神州大地，似海情生。锦簇繁华，沉鱼落雁，掬水一饮幽洁称。我思恋，览华夏精华，朝曦初升。

　　念念河山常青，铸缘份意起长笛声。可山海青春，浮想联翩；万千玉女，一人水灵。幽洁女娲，伏羲转世，生生世世爱充盈。常思量，只可遇幽洁，你我重逢。

2022 年 5 月 24 日

粼粼波光摇曳边

谷雨花开

踏平坎坷情无垠，柳絮连绵灵犀情。

湖水湛蓝思幽洁，砂石沥沥夜夜恒。

谷雨花开生缠绵，香起缘定合璧成。

一株桃花映日红，两朵花瓣一心灵。

注解：谷雨花指牡丹花。

2022 年 5 月 25 日

沁园春·灵动眉睫

　　灵动眉睫，痣显心智，大有青葱。看翠眉黛眼，风华绝世；衣衫鬓影，氤氲意融。一颦一笑，一举一动，千娇百媚绕绯红。任谁问，览华夏大地，你我双鸿。

　　人生价值可共，良缘美满犹在心胸。由古筝清音，心中拍和；寄语幽洁，情深意浓。琴瑟在御，缱绻万千，念念千百次妻荣。情深定，携手同行心，共唱英雄。

2022 年 5 月 26 日

透骨爱恋

南国红豆发几枝，清秀妩媚催我思。
逶迤细语娇柔声，透骨爱恋深如斯。
弯弯眉月心中燃，长长河水一心依。
争发相思敏慧雅，只为一人久心仪。

2022 年 5 月 27 日

鹊桥仙·萦绕眉心

长河飞渡，悠悠白云，绿草茵茵情坚。
心头清涟立亭亭，眼里翠峰长绵绵。
思如清泉，萦绕眉心，万里遥途俱全。
日出天边思念意，纵横星河情当然。

2022 年 5 月 28 日

缠绵缱绻

皎如凝脂柔似水，细语一声动魂魄。
翩翩舞毕是处子，冥思苦想成佳作。
星河灿灿辉煌就，小溪姗姗婉转妥。
缠绵缱绻深情拥，牵手意深河宽阔。

2022 年 5 月 29 日

郯郯波光摇鬓边

沁园春·鸾凤重逢

　　山水含笑，草树葱茏，碧海潮生。览华夏天地，鸿雁北回；水何涔涔，心魂轻灵。细眉柔柔，明眸熠熠，魂牵梦回绕丰盈。须雅致，尽意浓神飞，我心生情。

　　眉睫动情如酒，可优雅灵巧问芳名。看雅致天生，弹曲款款；古筝余音，弥漫七星。绝代风华，红袖添香，缠绵悱恻吹玉笙。就今朝，携手共翱翔，鸾凤重逢。

2022 年 5 月 30 日

秀发及肩

四季满月替眉月，阴晴圆缺我来思。

秀发及肩缎带卡，娇柔语音妩媚姿。

念及往昔回廊意，今我来思杨柳依。

古筝一曲今古情，笑看桃花成瑰琦。

2022 年 5 月 31 日

沁园春·日久天长

氤氲意浓，如兰似菊，醇厚芬芳。览天堂人间，碧波青草；缱绻情深，仪态万方。思绪如潮，痴醉如斯，携手并肩映西窗。须恒强，看意动神飞，青春铿锵。

秀美挺拔动心，可意唇瓣美兮荷香。就天地情谊，如泣如诉；如漆似胶，盛世嫁妆。一世深情，四目交注，意眷眷日久天长。俱今朝，笑艰难困苦，璀璨辉煌。

2022 年 6 月 2 日

悠然出神

潺潺的溪水啊流淌远方

幽幽的芳草啊写满两岸

柔柔的发丝顺势而下

香香的芳唇饱含着轻吟浅唱

我对你的思念啊直达天地

长长的相思啊让我悠然出神又挂肚牵肠

如果宇宙有边际

请让我达到宇宙的边际

诉说我无穷无尽的思念

纵使星河倒流、海底翻腾

思绪万千

心中只念及一人

那就是你

柔情似水清纯如玉娉娉婷婷系于一人

志存高洁蕙心兰质优秀淡雅系于一人

这就是我心之所系魂之萦绕情之所牵的女孩

2022 年 6 月 3 日

粼粼波光摇曳边

生生世世不离分

银河璀璨倒映在海面

海底的水弥漫天际

我对你的爱直达银河又深入海底

直至河外星系

直达整个宇宙

芳草萋萋

砂石沥沥

无不浸透我的爱意

桃花朵朵

樱花烂漫

芍药娇艳

妩媚月季

无一不让我想起你

我最心爱的

我最亲爱的

纵使时光倒流

纵使宇宙停摆

无法抑制我对你的思念

天高海阔

扁舟一叶

独自逍遥到彼岸

有缘与你相聚

一生一世一辈子

生生世世不分离

2022 年 6 月 7 日

既着迷于瞬间又执着于永久

山山水水沥沥淅淅水长流

茵茵绿草树木葱茏叶常青

瞬间的疯狂迷失

深入骨髓的爱恋

一往而深的眷眷情意

既着迷于瞬间

又执着于永久

这永生不死的爱情

比天高比海深

荡涤尘埃扫除邪恶

人生得一知己又夫复何求

宇宙啊上天啊

我只求与她同生共死

为她付出我一切

纵使天高海阔

纵使直上云霄

纵使植根心底

此情天日可鉴

情意浓浓弥漫环宇

缱绻旖旎款款情深

深情厚意只为你一人

生生死死永生不死爱一人

2022 年 6 月 9 日

粼粼波光摇曳边

云鬓柔直

兰蕙芷蘅氤氲意，闻香识人情久长。

秀挺玉鼻动心魂，云鬓柔直入荷香。

碧草无尽芬芳处，无边相思有回廊。

天涯何处无芬芳，尽在一人同天堂。

2022 年 6 月 11 日

郯郯波光摇鬓边

鹊桥仙·氤氲意浓

山海连绵，长河落日，氤氲意浓娟娟。
茫茫云海情无垠，萋萋芳草思联翩。
眉睫灵动，鸾凤同心，缱绻融化冰川。
心坚石穿终不倦，此情缠绵遥领先。

2022 年 6 月 13 日

久久不息

北国红豆挂满枝，南极冰凌不了情。

亘古情愫念心间，久久不息捷足登。

纤腰步步旖旎意，玉臂长长迤逦精。

欲得幽洁长相伴，晓嘉年年春草生。

2022 年 6 月 17 日

鹊桥仙·眷眷意浓

峰峦旖旎，碧草青青，缱绻芍药牡丹。
浩浩春风扬旌旗，粼粼波光摇鬓边。
幽雅清丽，灵动舞姿，眷眷意浓娇憨。
咫尺之间脉脉语，回廊尽头一线牵。

2022 年 6 月 19 日

我始终与你同在

在这郁郁葱葱的森林里

绿草如茵

奇花异果

我辗转寻觅

每一地每一处每一寸每一滴

每一眼的渴望

凝视的深情

几近于疯狂

迷恋到永久

这是一种亘古不变的情愫

在眉宇间流动

在脑海里缱绻

念念不忘在心间

眷眷情意在身上的每一个细胞

你就是我一直寻找的一颗璀璨夺目的珍珠

晶莹剔透闪闪发光动人魂魄

雅致高洁皎皎月光灵魂契合

啊　魂牵梦萦的妹妹

你就是我的眼珠子心头肉命根子

生生世世的爱恋到地不老天不荒

我始终与你同在

我与你合二为一

永生不死地在一起

2022 年 6 月 21 日

粼粼波光摇鬓边

纤纤睫毛

梨花桃花相映趣，走入茵茵总不绝。
柔柔发卡现鬓边，纤纤睫毛颤绰约。
契合爱侣速速出，永久琴瑟缓缓觉。
我心长笑云随意，鸾凤一曲共采撷。

2022 年 6 月 23 日

郑郑波光摇鬓边

鹊桥仙·心心念念

山峦葱茏，奇花异香，绕梁三年不绝。

袅袅缓步动香茵，亭亭玉立上初阶。

旖旎秀发，娇语画意，星河浩瀚。

环顾璀璨映四方，心心念念源不竭。

2022 年 6 月 25 日

粼粼波光摇鬓边

你那秀挺的鼻梁就像婀娜玉立的身姿

绿草茵茵碧海茫茫

我一路走来一路寻觅

你那弯弯的细眉

就像天上弯弯的月亮

你那长长的睫毛

就像纤纤玉手在晃动我的心

你那明亮的眼睛

就像如水月光进入我脑海

你那秀挺的鼻梁

就像婀娜玉立的身姿

在我心中荡漾

你那温柔的嘴唇

就像雨滴飘洒在我干涸的心灵

你那绝美的容颜

就连九天仙女都无法与你相比

你那绝佳的身材

就像黄河长江之水倾泻到海底

始终摇荡在我的心底、脑海

让我全身的每一个细胞都意动神飞

啊我最心爱的最亲爱的妹妹

幽雅清丽雅致高洁动人魂魄

生生世世有幸与你一起

人生在世夫复何求

2022 年 6 月 27 日

粼粼波光摇鬓边

意浓情厚

掎旎秀发氤氲浓，碧草青青心荡漾。

缓缓步出翠阁楼，亭亭立于天香朗。

意浓情厚思幽洁，长伴左右朝暮想。

思念如狂心神往，却道细水长流酿。

2022 年 6 月 28 日

柔柔碧波

梧桐凤凰葱茏貌，细雨飘落润心房。

柔柔碧波荡漾处，满满思绪动情光。

碧波无尽春草深，相思两处天地香。

南北通途任高飞，天高海阔一生长。

2022 年 6 月 29 日

粼粼波光摇鬓边

沁园春·携手同心

　　旖旎秀发，肤光映雪，双颊润红。览桃红柳绿，氤氲香浓；声声娇柔，眷眷青葱。朝至星河，暮至海底，爱恋在心梦魂通。待来日，青翠有时空，爱侣同踪。

　　此情世世同在，青春飞扬始终如一。看妖媚妖娆，款款可亲；古筝清音，芬芳心中。情之所钟，寄予一人，南海碧波贯始终。必今日，定一本初衷，携手同心。

2022 年 6 月 30 日

来自宇宙洪荒的你

神奇而瑰丽的神秘时空

竟然也可以得一珍宝

不仅仅是珍宝

比珍宝还要好上一亿倍的

落于凡间的精灵

娉娉婷婷

旖旎婀娜

足不沾地一般的走来

披肩的长发梳成最美丽的发型

柔柔细眉

大而有神的美眸

一侧身一低头

轮廓极美的耳朵

看着让人心神俱醉魂牵梦绕

笔直秀挺的瑶鼻

恰到好处的嘴唇

芬芳四溢

这不正是我心心念念的情缘

来自宇宙洪荒的你吗

四目相对聚焦融合

我们俩都要融化在这比天高比海深的爱恋之中

深深的拥抱

长长的亲吻

时光停止

瞬间的感觉如千百年前

一直深情相拥亲吻到现在

彼此都愿意镌刻在对方心中

永不消散永恒不变

2022 年 7 月 3 日

入骨皎洁

远山含黛可入眉，树草葱茏氤氲香。

袅袅婷婷缓步来，一颦一蹙天地双。

酝酿情愫思愈久，旖旎清辉动清香。

入骨皎洁浓爱恋，此情可上云霄长。

2022 年 7 月 5 日

粼粼波光摇鬓边

鹊桥仙·翩翩衣袂

白杨挺拔，草树葱郁，细雨飘落心间。
起自星河浓郁意，翩翩衣袂映婵娟。
迤逦顾盼，旖旎铿锵，魁梧浩瀚雕镌。
纵横玉宇璀璨意，夙兴夜寐感万端。

2022 年 7 月 7 日

鹊桥仙·星空盈盈

柔顺秀发，脉脉可语，旖旎纤腰爱怜。

缓缓步出翠阁喜，楚楚唱出爱侣欢。

情牵南北，缱绻携手，极致爱恋并肩。

星空盈盈畅九州，百千眷眷动青鸾。

2022 年 7 月 12 日

粼粼波光摇篓边

情意忽现

碧树璀璨映心中，绿草茵茵露珠明。
一路芬芳到天涯，咫尺之间火纯青。
柔波荡漾谷雨花，情意忽现栩如生。
青山连绵纵横日，你我扬眉绣前程。

2022 年 7 月 14 日

粼粼波光摇鬓边

鹊桥仙·笑语盈盈

群峦连绵，树草葱茏，细雨充塞梧桐。

情意悠悠碧霄满，笑语盈盈灵台衷。

氤氲浮动，旖旎清音，款款古筝善终。

风摇碧树花千朵，一株桃花情所钟。

2022 年 7 月 16 日

粼粼波光摇鬓边

相思之意

一行行的梧桐树

郁郁葱葱

微风轻轻吹过

树叶轻轻摇摆

细雨慢慢飘落

树叶凝结水滴

长长的思念犹如永不停息的微风

深深的眷恋犹如永不止息的细雨

透入我的骨髓深处

弥漫于每一个原子

质子中子电子都欢欣鼓舞

充满于天地之间

充盈于我的脑海心间

让微风细雨带去我对你长长的相思之意

轻轻地吹动着你长长的睫毛

轻轻地飘落在你柔柔的心胸

思念像大海的波浪一样涌过来

把我包围

我尽情享受着这相思的波浪

日月都为之闪闪发光

星辰都为之停下脚步

我深深地眷眷缱绻

围绕着你

2022 年 7 月 18 日

粼粼波光摇曳边

笑靥盈盈

层峦连绵绕碧水，千奇百转至此新。

旖旎身形璀璨呈，笑靥盈盈雪肤贞。

芳泽无加回味浓，天地逦迤情意深。

清芬无垠寰宇香，此情此景万年春。

2022 年 7 月 20 日

沁园春·情牵心中

奇草异木，花团锦簇，郁郁葱葱。览神州天地，逶迤
旖旎；旌旗猎猎，天马行空。山有异木，水有奇草，氤氲
香浓会贯通。须期待，可眷眷情深，善始善终。

秀发及肩妩媚，美睫灵动星星情钟。今杨柳依依，眉
睫灿灿；身姿熠熠，吾心尊崇。姹紫嫣红，千娇百媚，情
牵心中缱绻浓。正当年，看意动神飞，青春潮涌。

2022 年 7 月 22 日

纵横万里

层峦起伏草木春，奇花异木氤氲心。

一株春蕾花未绽，两手呵护思念新。

寻寻觅觅千百度，一线生机感人深。

纵横万里觅幽洁，人生知己喜迎亲。

2022 年 7 月 27 日

沁园春·两情眷眷

寰宇红豆，满腹迤逦，心动凄凄。望黄河两岸，萧萧瑟瑟；溪水潺潺，愁绪郁积。桃花双燕，氤氲意动，可堪回首燕双栖。待雨季，看碧水桃花，两两相思。

及肩长发旖旎，心心念念凄令足迹。曾携手同心，缱绻意长；碧水西落，可有禅机。一声叹息，两情眷眷，鸾凤和鸣携长笛。可期待，尽人生百年，在所不惜。

2022 年 7 月 29 日

鹊桥仙·量子纠缠

纤纤玉手，柔发及肩，翩翩璀璨意浓。
玉箫一支意起伏，缱绻两情长青葱。
水清及底，层峦高起，缠绵旖旎共通。
量子纠缠善传音，爱侣何日可归宗。

2022 年 7 月 30 日

长亮我心

青山连绵跃神州，郁郁葱葱正清芬。

千山踏遍氤氲浓，万水乘过相思深。

一生一弦声声思，四季四时诺千金。

夏雨难得催人恋，长亮我心世所钦。

2022 年 8 月 1 日

粼粼波光摇鬓边

鹊桥仙·缱绻熠熠

舞姿旖旎，柔声娇语，娟娟顾盼久长。
来自心血相思意，深入骨髓思念双。
层峦迤逦，柔情忽现，缱绻熠熠幽香。
辗转寰宇深情奇，绝胜人间映长廊。

2022 年 8 月 2 日

不朽的生命和青春

一株碧桃矗立在远方

我向她狂奔而去

枝叶纤细柔美

含苞待放的花朵朦朦胧胧

蕴积着我多少情意

难忘的一朵桃花

直达天际直上云霄

我寻寻觅觅

辗转反复

意在不舍

心心念念的桃花

恰如西方花语中的黄玫瑰

贞洁忠贞的象征

啊！这是我永生永世的爱恋

纵然全身粉碎

纵然化为灰烬

自始自终情比金坚

终有一日石破天惊

我与她重逢在故里

我们紧紧地拥抱在一起

从此后

再也不离分

相思之情越聚越浓

思念之意须臾难分难舍

这永恒不变的爱恋

必定给我们带来不朽的生命和青春

一万年之后我们永聚不散

2022 年 8 月 3 日

爱恋深深

翠峰叠嶂至此奇，回廊深处情意对。
相思粒粒如血肉，爱恋深深入骨髓。
身姿翩翩天地动，明眸熠熠龙凤会。
直上云霄九万里，幽洁情深日月贵。

2022 年 8 月 4 日

鹊桥仙·樱唇婉转

碧草茵茵，树林葱郁，迤逦一山缠绵。
人迹罕至翩翩处，意浓神飞窈窈甘。
柔美眉睫，樱唇婉转，氤氲意动婵娟。
清辉弥漫两人心，万千情意一生牵。

2022 年 8 月 5 日

腊　梅

窗外一株腊梅

朵朵含苞待放

清香扑面而来

幽雅清丽自生

我的眼着迷于这株腊梅

我的心沉醉于这株腊梅

这世上又有何人能有这样的相思之意

是我第一次寻觅这株腊梅

是我第一次看到这株腊梅

是我第一次找到这株腊梅

是我第一次爱上这株腊梅

是我第一次迷上这株腊梅

腊梅啊腊梅

虽然有凄风冷雨风雪霜冻

你却是我心中一直欢唱的歌

心之所安

情之所在

粼粼波光摇鬓边

风霜虽厉

此生不渝

2022 年 8 月 6 日

粼粼波光摇鬓边

今生今世

皑皑雪峰远山出，郁郁葱葱日边来。

参差雪肤映日红，娇柔氤氲暖花开。

相思催得白发生，可怜妩媚不能宰。

今生今世思幽洁，来生来世成双对。

2022 年 8 月 8 日

粼粼波光摇鬓边

鹊桥仙·一世长情

荧光点点，山天一色，波光粼粼身边。
两人同行水天间，一心只为一生欢。
鬓边发卡，柔美入骨，挺直秀发娟娟。
相思意浓两心知，一世长情天涯仙。

2022 年 8 月 9 日

粼粼波光摇鬓边

相思之情

就在水天之间

水天成一色之处

太阳冉冉升起

那穿着浅蓝色连衣裙的皎洁身影

秀发妩媚地披向右边

露出最美的侧脸

脸部轮廓就像星辰日月光彩夺目璀璨照人

伸出纤纤素手

太阳就在手掌心上有韵律的跃动

在及腿的浅浅的一弯湖水中

橙黄色的天空与浅蓝色连衣裙交相辉映

令我神往

引起我透骨的相思之情

湖水在一波一波地轻轻荡漾

却在我的心里掀起惊涛骇浪

毫不犹豫地把我的私心杂念给清除了

只留下最纯粹高洁一往无前的爱恋

这旷世奇绝的爱恋

今生今世一直思念

鼻子一酸却没有潸然泪下

心底却涌起更大的滔天巨浪

卷走我吧

湮灭我吧

让我和幽洁融为一体吧

永生永世不离分

2022 年 8 月 10 日

四海八荒

北极之光丝滑现，莽莽苍苍天阶呈。

小雨滋润璀璨听，大风呼啸旖旋晶。

晶莹玉润幽洁神，缱绻情意晓嘉青。

四海八荒纵横过，能否携手一生清。

2022 年 8 月 11 日

青玉案·旖旎销魂谁家梅

月牙半弯疏影回。蓝天深、橙黄扉。常到水云呼幽洁,黯然无归。一叶小舟,断肠情意晖。

清明上河 人流随。旖旎销魂谁家梅。长伴山海天作媒。草木葱茏,衣袂飘飘,可期两全美。

2022 年 8 月 12 日

让那皎洁月光带去我的深情

长长的溪水环绕着名山大川

崭新的青草如茵生长在此处

上有云海飘渺水云间

白雾茫茫飘飘荡荡似我心

我心目中的谷雨花啊

那婀娜多姿的身形

那美眸盼兮的容颜

那巧笑倩兮的神情

那眉目传情的深情

在我脑海深处飘飘荡荡弥漫开来

我仔细观看妹妹的每一张图片

绝美的容颜

旖旎妩媚风华绝代

绝佳的身材

袅袅娜娜亭亭玉立

一等一的气质

蕙质兰心芬芳含香

让那白云飘飘带去我的牵挂

让那璀璨太阳带去我的热情
让那满天繁星带去我的眷恋
让那皎洁月光带去我的深情
致我心中最美的你

粼粼波光摇鬓边

山海青春亘古心

湛蓝天空日月情，斗转星移汝生辰。

英姿焕发携父母，生龙活虎呈缤纷。

天涯漫漫一生走，咫尺耿耿两人钦。

寰宇深深动情谊，山海青春亘古心。

2022 年 8 月 14 日

青玉案·直上云霄

　　翠竹直立叶长青。曲径处、一人行。直上云霄，夜里挑灯。清涟旖旎，寻遍鱼五更。

　　寻寻觅觅迤逦青。璀璨烟火星河生。幽洁归期似晨星。若秋水寒，春衫犹湿，求偶兮嘤鸣。

2022 年 8 月 16 日

你是我从头到脚每一个细胞
都渴望拥有的深情

静静的湖水蕴藏着巨大的能量

青翠的两岸蓄积着如此的深情

湖水倒映着岸边的亭子

就像天上星星照耀着这湾湖水

怎样的渴望

怎样的期许

怎样的等待

怎样的辗转

这引自银河的湖水

能不能让我驾一叶小舟

就像牛郎织女相见一样再见一次呢

就像行星围绕恒星一样再见一次呢

就像彗星亲吻地球一样再见一次呢

你是高贵的宝贵的可贵的

你是纯洁的干净的纯净的

你是我心中最美的期待

你是我一生的挚爱

郯郯波光摇鬓边

你是我所有发自内心的热爱

你是我从头到脚每一个细胞都渴望拥有的深情

2022 年 8 月 17 日

粼粼波光摇曳边

沧桑历尽

青砖翠瓦竹疏影，拾级而上玉栏杆。
柔发飘飘漾心间，眉头皱皱摧心肝。
莲步璀璨情愫生，玉臂旖旎缱绻翩。
沧桑历尽思幽洁，独处闲时忆纤纤。

2022 年 8 月 18 日

粼粼波光摇鬓边

蝶恋花·辗转星河

园门圆圆锁梦魂，竹叶含翠，暮路深深春。长啸一声岁月奔，我心高处呈馥芬。

辗转星河思幽洁，繁星璀璨，情深却难分。泪眼婆娑贯古今，万里眷眷众久钦。

2022 年 8 月 19 日

郯郯波光摇鬓边

126

何日相见

这一湾湛蓝宁静的湖水

有一叶小舟漂荡其上

我仰天躺在小舟之上

唯愿长醉不复醒

那从银河呼啸而至的瀑布

那从地底崛起的层峦叠嶂

那从星空长出的青翠直竹

那座巧夺天工的亭台楼阁

无一不让我想起我心中的爱恋

这取自银河的水

承载着我万古忧愁

何日能相见

距离远超从太阳系到宇宙的尽头

这是怎样的绝望

又是怎样的渴望

越清醒越思念

越迷醉越沉沦

始终无法自拔

始终沉醉其中

始终热爱于你

始终无法忘怀

始终坦然面对

始终恩爱如初

始终情深意切

始终生死度外

始终萦绕于心

始终追忆永恒

2022 年 8 月 20 日

袅袅婷婷

翠枝绿叶心间现，远山含黛真情感。

袅袅婷婷思幽洁，漫漫昭昭是侣伴。

繁星灿灿夜色新，瞬移迢迢缱绻恋。

苍茫天地有情义，可堪携手心心念。

2022 年 8 月 21 日

念奴娇·常到水云

星河流尽，白云边，万年心念雅致。心头幽洁，无邪姿，清音一曲纤指。迤逦曼妙，氤氲缱绻，繁星灿若雪。山海迢迢，多少相思新紫。

初见幽洁当时，宁静旖旎态，眉梢明志。秀发英姿，美眸盼，寰宇尽皆回忆。碧霄遨游，青葱柔发直，心生诚挚。灼灼其华，眉月弯弯醇醴。

脉脉回首姿

层峦迤逦翠绿鲜，碧水回流绕此甜。
幽洁脉脉回首姿，晓嘉关关寻觅缘。
漫步水边无垠情，飞升云端有意连。
情愫生自心底时，云霄依依恋缠绵。

2022 年 8 月 25 日

郑郑波光摇襞边

卜算子·旖旎姿

峰顶晴柔在，白云悠悠往。

常闻幽洁旖旎姿，微风拂面爽。

星河浩瀚来，爱恋常景仰。

且看松竹梅飘香，琴瑟缱绻畅。

2022 年 8 月 26 日

心香一瓣

繁星灿灿映绿草，萤火点点璀璨生。

心香一瓣思幽洁，来自星河澎湃丰。

云霄饮酌是良偶，交缠携手笑问晴。

雨雾飘渺山水间，一骑飞奔现云旌。

2022 年 8 月 28 日

定风波·月半疏影玉生香

月半疏影玉生香，透骨心底入雕窗。

竹叶婆娑声声思，悄声？

旖旎仪态吐暗芳。秋风送爽酒蛊伤，略凉，可堪回首相思昂。

天边随意云起伏，长风，孤独尝尽意深长。

粼粼波光摇鬓边

2022 年 8 月 29 日

纤手巧挹星河水

明月旖旎出深山，山峦起伏现斓斑。

屏息静心云随意，天边一鸿在归帆。

纤手巧挹星河水，回首时光望欲穿。

水流至此迤逦意，山水共看一线牵。

2022 年 8 月 31 日

粼粼波光摇桨边

洞仙歌·层峦迤逦迢迢暖

　　氤氲体态，轻盈无双揽。层峦迤逦迢迢暖。擢清涟、纤纤素手动人，呈菡萏、呼唤儿时月婉。

　　萤火璀璨生，皓腕情深，金簪闪亮星河岸。敢问情如何？深情如斯，织女星、星移斗转。再回首天边云暮新，百回千转时，故人云殿。

2022 年 9 月 1 日

曼妙身姿星河映

皎皎月轮升层峦，白云有边色斓斑。

曼妙身姿星河映，刻骨相思心中燃。

一举一动婵娟对，一颦一笑羲和甘。

粉红桃花摇波光，水中婵娟笑靥欢。

2022 年 9 月 4 日

贺新郎·玉耳触手可生温

羲和生冉冉。人静好、桃花双燕，秋日饱览。玉耳触手可生温，皎皎旖旎盈满。生死依、时时勤勉。窗外阳光推窗帘，人懒起、红妆绣香软。勿远离，尘不染。

山河依旧岁月眼。腊梅开尽香飘零，愁眉可展。山峦一列对影三，秋意春心静远。花蕊颤、朵朵彼岸。秋日可否胜春朝，菊黄柳绿夏牵绊。赏青葱，恋眷眷。

2022 年 9 月 5 日

用远古的恒星的永恒之光沐浴

这灿若云霞的栀子花

朵朵洁白芬芳

含苞待放的栀子花

默默无语又脉脉含情

既笑语盈盈

又善解人意

用来自于银河的云雾之水浇灌

用远古的恒星的永恒之光沐浴

吸收天地间的灵气

如同天地间的精灵

深情如斯

既缱绻缠绵日日夜夜思之慕之

又旷达持久年年月月情深永驻

这充斥于天地间的相爱

这充盈于原子间的相思

今生今世氤氲难忘

生生世世携手同行

这一湾湛蓝色的湖水

浸透我的思念

饱含我的深情

这湖边的栀子花

如满天繁星的栀子花

我只想轻轻地摘取一朵

天天地呵护

用心头之血

用思念之意

用相思之根

用相爱之魂

把这朵栀子花哺育浇灌

像皎皎明月出自深山

像满天星斗最亮的一颗

直化作最深情的一滴泪珠

永远凝结在心底、脑海

2022 年 9 月 6 日

粼粼波光摇曳边

眷眷情意心底鸢

层峦迤逦情无垠，坦荡大道心向前。
秀发及肩旖旎姿，玉臂触手秀丽酣。
柔柔娇憨话语声，眷眷情意心底鸢。
山海青春无限思，星河海底辗转燃。

2022 年 9 月 23 日

袅袅聘婷氤氲意

绿意旖旎小径旁，青砖碧瓦至此新。
庭院明媚谷雨花，门户深处有清芬。
袅袅聘婷氤氲意，娟娟月光清辉春。
平生纵马踏歌声，终得肺腑胜万金。

2022 年 9 月 26 日

看芳菲

明眸含情立琼轩，豆蔻梢头在茶庄。
巧笑倩兮娇容颜，美人如玉摇铃铛。
绿水青山望两岸，日出海上惊八方。
四海纵横看芳菲，何日明珠暖心房。

相思深

浩浩春风拂面暖，青青芳草现欢欣。

轻移楼阁若凌波，水晶帘卷玉如新。

阅览四季人有数，今日始觉缘来珍。

敢笑潮水不守信，相思不觉海水深。

郑郑波光摇鬓边

阑珊无悔

银河流尽念念意，似水如烟轻轻挹。

举簪短瞬隔玉带，谁能剪碎思紧密。

水天一色长河尽，波光山影映纱幂。

我欲登高望天涯，阑珊无悔照葱臂。

鱼　跃

烟雾漫漫心飞扬，红红雪中映云鸾。

梢头微移朗朗月，此情只为媛媛圆。

2004 年 9 月

美眸流转，纤腰旖旎

紫紫衣衫纤纤腰，美眸盼兮双颊晕。

或将我心比春晖，能否展翅共氤氲。

天成佳偶

佳节鸳侣瑞云来，青鸟殷勤连家乡。

玉簪无意隔银河，天成佳偶日月长。

郯郯波光摇鬓边

春意盈盈

鼓喧竹爆春意闹，万舟竟发人如流。

山中数日且盘桓，桃花源里识娇羞。

亲情远系

两地远隔心相连，千里亲情一线牵。
此身苦无双飞翼，情动艳阳南乡前。

笑江南

绿草青青杨柳新，暖风拂拂起远帆。
万水千山纵横过，桃花及面笑江南。

纤手清泉

冷月葬花魂，晚风拂倩影。

松间星依稀，纤手映清泉。

为汝盛

一声何蛮子，双泪落君前。
二和沁园春，此心为汝盛。

遥视芳华

纤腰旖旎，曼妙柔美，轻舞飞扬，亦真亦幻，及至春分。

润泽如酒，何以叹息，朝露夕栖，遥视芳华，夜空灿灿。

郊郊波光摇鬓边

仙界精灵

画堂南望湖边梅，衣袂出尘翩翩暖。
仙界精灵银河落，恒星似我久久恋。

郯郯波光摇櫱边

一丝牵挂

又是一年杨柳绿，层峦奇秀分外巧。

溪水潺潺流不尽，山花重重却难笑。

翠鸟啾啾鸣声远，竹叶青青奏音调。

连绵柳絮难断绝，一丝牵挂千里眺。

2006 年 5 月 31 日

笑靥心结

何日长空鸣竹笛，悠悠不绝如莲藕。

一年春风催绿草，笑靥灿灿结心扣。

两年秋雨连红线，明眸熠熠芬芳厚。

对对凤凰落香溪，一墙窗花银河透。

2006 年 6 月 2 日

长夜涟漪

长夜相思人欲狂，可怜拥衾梦中依。

不耻遍问过路人，何处桃花起涟漪。

2006 年 6 月 27 日

此情可待

南海碧波，慰我心怀，北极冰凌，难了思念。

绿树婆娑，婀娜多姿，银河浩瀚，红豆满枝。

忆及往昔，笑靥灿灿，眼神交接，明眸熠熠。

世间万物，尽化为无，往生来世，瞬间停息。

此时此刻，长存心中，不敢或忘，以待来日。

层峦起伏，绵绵不绝，水流蜿蜒，潺潺不尽。

念兹在兹，时不我待，转身回眸，桃红柳绿。

柳絮飘飘，草长莺飞，喜鹊啾啾，潮落潮起。

如此一心，抱柱之信，四季轮回，久久不息。

2006 年 6 月 29 日

沧海桑田

衣香鬓影人已逝，故国往事今重温。
爱恨情仇一世纪，造物天工后来人。

2006 年 7 月 7 日

咫尺天涯

难得盛夏多雨水，鸟鸣草绿树更友。

空谷何人共琴声，咫尺天涯一生走。

2006 年 7 月 28 日

幽思豪情

策马京郊探古今，绵绵幽思唱鸽笛。

杨花飞遍都城日，前辈晚生豪情齐。

2006 年 9 月 21 日

潾潾波光摇鬓边

婀娜星空

翠阁远眺青山依，溪水不觉三九罕。

引自银河纤手抱，无穷婀娜星空灿。

2006 年 12 月 22 日

相思树

一棵相思树，叶叶红如血。

每日恐或忘，线线连心跃。

2006 年 12 月 29 日

郯郯波光摇鬓边

柔荑映雪

舞毕不曾动分毫，余音弦弦尽自谐。

柔荑蜷蛴同辉映，双颊映雪心中燃。

2007 年 1 月 4 日

千年弦舞

关山不远梦魂飞，千年弦舞共海听。

潮起潮落无数夕，沥沥砂石夜夜心。

2007 年 1 月 9 日

沁园春·思

千载等候，银河海底，辗转寻觅。望碧海情天，思绪无穷；上天入地，星空荧荧。波浪翻腾，鹤舞月夜，此情纵使渺云汉。待重世，看桃花映水，无限妩媚。

亿万光年流转，念恋恋情缘常萦绕。曾西子浣衣，太湖泛舟；飞燕玉环，红颜早逝。绝代风华，昭君出塞，西域弥漫琵琶恨。今缘在，览青山翠谷，携手翱翔。

2007 年 1 月 11 日

粼粼波光摇曳边

清辉玉臂

依稀楼前树朦胧，芍药烟笼蔷薇酿。
清辉似水情酝酿，玉臂如藕意荷香。
煌煌丽阳照短阶，久久情心映长廊。
桃李昼夜看校园，不见哥哥百炼钢。

2007 年 1 月 13 日

郯郯波光摇鬓边

起伏跌宕

风雨不知人间苦，随意飘洒滴醉态。
且看起伏跌宕事，心中犹自豪情在。

2007 年 1 月 15 日

思菲菲

昔有鹊鸟双飞畅，舞榭楼阁依栏杆。
婷婷翠峰动心弦，悠悠白云凝远帆。
相携隐隐水中浴，对视脉脉眼里酣。
夕阳青山吻无数，琴瑟一曲绕婵娟。

2007 年 1 月 16 日

粼粼波光摇鬓边

无边伤心，有情海水

初月静静蓬山远，汹涌潮水滚悚栗。
青鸟恋恋频凝望，浊浪滚滚浸城邑。
无边伤心无边洋，有情海水有情意。
思念不减爱越深，尽可常年埋海底。

2007 年 1 月 18 日

我心长久

　　长夜相思，思绪如潮，潮起潮落，萝梦难忘，寄情于文字之间，翱翔于思恋之巅，曲廊幽深，常思量，不尽细风吹鸽笛，狂风骤起，磐石难撼动，任由雨打风吹，便空等石烂，待海水倒流，可否重生，千载白云飞渡，我心长久。

2007 年 1 月 18 日

深深骨髓

天边风随意，朝霞映青葱。

芳草无边处，玉树有涯丛。

轻轻思念意，深深骨髓浓。

恋恋百转回，长歌响碧空。

2007 年 1 月 20 日

晴晴长空

鸽笛长伴京都吟，绵绵无尽寄情炽。

飞跃山水无数重，晴晴长空一信至。

2007 年 1 月 21 日

粼粼波光摇龚边

幽幽缠绵

漫漫长路思霏霏，柔柔小草迎璨璨。

原楼静静旺灯火，校园朗朗读典范。

幽幽缠绵风信子，恋恋悱恻花蕊颤。

梦中魂魄萦回处，万里晴空舞心暖。

2007 年 1 月 26 日

爱侣终得

生命且短暂，纵酒放声歌。
爱侣何日现，总在曲终得。

2007 年 2 月 11 日

翩翩心舞

昔有仙人天姥游，渺渺峰顶云中现。
柔柔青草绿溪水，潇潇雨声幽山涧。
霏霏俏立竹林边，翩翩心舞喜鹊展。
不尽长空响连绵，啾啾鸣声思无限。

2007 年 2 月 13 日

氤氲难忘

芳草萋萋，拂面杨花，纤纤柔荑，触手如玉。

相依相偎，氤氲难忘，静如处子，翩如惊鸿。

思念如斯，不敢或忘，往昔已矣，来日可追。

2007 年 2 月 14 日

一丝牵挂，双飞翅膀

行舟一叶水波分，凝翠两岸入目缓。

年年不尽芳菲处，丝丝无限鹊桥揽。

一丝牵挂冥冥有，双飞翅膀隐隐现。

可否携手共翱翔，绿水青山长相伴。

2007 年 2 月 21 日

粼粼波光摇鬓边

盈盈袖香

不尽梦想无数年，绵绵思量锁心结。

静静雪花飘落时，念念月圆元宵节。

恋恋舞姿生曼妙，盈盈袖香灵眉睫。

瞬时流星追芳踪，亿年不息汝采撷。

2007 年 3 月 5 日